La nuit, tout se transforme

Georges Holassey A.

La nuit, tout se transforme

LM
Editions le Mono

© Editions le Mono, 2016

ISBN : 978-2-36659-234-4
EAN : 9782366592344

Il m'est demeuré de ce jour-là une marque, une empreinte de peur… Les bruits inattendus me font tressaillir jusqu'au cœur ; et les objets que je distingue mal dans l'ombre du soir me donnent une envie folle de me sauver. J'ai peur la nuit, enfin.

– Guy de Maupassant

Prologue

Sur les traces de Harry Potter en Afrique

Suite au succès des aventures de Harry Potter, ce jeune sorcier qui fascine les adolescents et séduit les adultes, j'ai voulu vérifier une rumeur qui court depuis la publication du premier tome *Harry Potter à l'école des sorciers.* Il semblerait que les parents Potter, tués par un puissant mage noir lorsque leur fils Harry n'avait qu'un an, seraient devenus sorciers après un séjour de dix-huit semaines dans un village en Afrique occidentale, réputé pour son école de sorcellerie. Ils auraient dû faire vingt-et-une semaines d'initiation pour atteindre, dit-on, un niveau supérieur qui leur aurait permis de résister et même terrasser ce mage noir.

J'ai fait ma valise et je suis parti pour retrouver ce village sans lequel l'histoire de Harry Potter n'aurait probablement jamais existé. J'ai parcouru l'Afrique du Sénégal au

Niger, de la Guinée au Nigeria. En vain. Personne n'a jamais entendu parler de cette fameuse école de sorcellerie où les parents Potter auraient été initiés.

J'ai été surpris par le peu d'intérêt des Africains pour les aventures de Harry Potter. Ne dit-on pas que la sorcellerie et la magie sont nées en Afrique ? C'est là où les hommes sauraient mieux qu'ailleurs quelles incantations prononcées pour voyager sans leur corps ou voler sur un balai la nuit. Il y aurait même des rites initiatiques pour apprendre à jeter des sorts, à voir au-delà du réel ou à saisir les lois de la métamorphose pour paraître insaisissable ou méconnaissable. Mais je les revois encore stupéfaits ou souriant d'étonnement lorsque je leur racontais l'histoire de Harry Potter jouant avec ses camarades sur des balais volants.

« Pensez-vous que ça existe vraiment des écoles où on apprend à devenir sorcier ? », m'a demandé le chef d'un village où j'ai appris des anecdotes sur des sorciers qui sortent la nuit pour tuer et détruire. Des histoires qui font plutôt peur. Rien à voir avec ce jeune anglais sympathique qui rend la sorcellerie fascinante. « Ici, on ne s'amuse pas avec la sorcellerie », a-t-il ajouté avec sourire, pour me faire raisonner, gentiment.

En Afrique, les histoires de sorcellerie et de magie ne font pas rire. Pas du tout. Ils s'en méfient même. J'ai recueilli des témoignages de gens ayant connu quelqu'un, souvent un proche parent, qui serait mort, percé par un projectile invisible lancé par un thaumaturge malfaisant. Et la peur du sorcier, de l'étrange, du mystérieux, est souvent pesante et aliénante dans ces villages, surtout la nuit.

Parmi les nombreux témoignages, celui d'un jeune nommé Bally m'a beaucoup intrigué. Il m'a dit qu'il a toujours aimé lire, mais ne s'est jamais intéressé aux histoires de sorcellerie racontées dans des livres pour distraire. Et il m'a expliqué pourquoi. Je lui ai alors laissé mon adresse en lui disant, sans vraiment l'espérer, que je serais ravi s'il pourrait m'envoyer son témoignage par écrit.

Plusieurs années ont passé ; j'ai oublié ce détail de mon voyage en Afrique. Imaginez ma surprise lorsque j'ai reçu un courrier de ce jeune homme : une grande enveloppe contenant un cahier rempli d'histoires extraordinaires, parfois tragiques, et de faits mystérieux, souvent effroyables, vécus dans son village et ses environs.

J'ai choisi de publier le contenu de ce cahier qu'il conclut par ces mots qui ont motivé ma décision de le confier à l'éditeur : «*Dites aux gens de chez vous de venir passer quelques nuits dans un village africain et ils comprendront pourquoi nous ne faisons pas bon accueil aux histoires de sorciers bien-aimés et aux aventures romanesques de vampires séduisants.* »

I
Une nuit pas comme les autres

Dans mon village, lorsque s'éteignent les lumières du soleil, nous avons tous peur qu'il nous arrive un malheur. Oui, nous avons peur la nuit. Surtout quand la lune est morte et l'obscurité est épaisse sur nos maisons. Nous avons peur parce qu'il nous arrive souvent d'apercevoir des silhouettes monstrueuses, de voir des formes étranges bouger dans le noir, d'entendre des bruits terrifiants venant de l'inconnu. Et nous n'aimons pas sortir quand les ténèbres masquent les aspects, dénaturent les mouvements et brouillent la raison. Un être malfaisant caché dans l'ombre pourrait nous regarder à notre insu, et nous aurions des frissons, nous aurions de la fièvre.

Certains disent que c'est à cause de moi que tout le village est ainsi terrorisé la nuit, même les vieux. Ce n'est quand même pas moi qui leur fais peur, mais je suis le premier à avoir vu, il y a quelques années, une apparition dans la nuit. C'était un être venu d'un autre monde qui aurait pris l'aspect d'un humain pour paraître sous un arbre, un de ces existants sans corps qui flânent souvent dans les ténèbres par ici et font le jeu des sorciers.

Je sais que vous qui vivez dans des régions où les ténèbres sont dissipées par des lumières artificielles, vous vous moquez de nos peurs même si chez vous aussi, dit-on, il arrive parfois qu'un homme marchant seul sur une route non éclairée, perçoive une forme indescriptible qui disparaît dès que fuse la lumière d'un véhicule, et il se demande, le cœur battant, s'il ne venait pas de voir un monstre.

Ces êtres qui profitent de l'obscurité pour parader dans nos rues, sont effrayés par les lumières qui éclairent vos villes (ces lampadaires plantés tous les cent mètres, ces phares de véhicules qui les éblouissent et les dépouillent de leur énergie). Et nous rêvons que ces lumières arrivent chez nous aussi pour éclairer nos nuits, renvoyer ces êtres de malheur vers d'autres sphères et dépouiller les sorciers de leur pouvoir occulte.

Je vais d'abord vous raconter ce qui s'est passé chez nous cette nuit où la peur nous a fait trembler pendant des heures. Et vous comprendrez pourquoi, quand la lune est morte et l'obscurité est épaisse à couper au couteau, tous les enfants restent cloîtrer à la maison et les adultes murmurent quelques prières avant de mettre le nez dehors.

J'avais treize ans, mais je me souviens comme si c'était hier :

*

En rentrant du collège cette fin d'après-midi, j'ai ressenti une forte envie de regarder sous l'arbre interdit qui abritait des oiseaux strigiformes servant nuitamment de transport aux sorciers en quête de proie. (Chez nous l'époque où les sorciers volaient sur des balais est révolue. Ils préfèrent maintenant ces oiseaux aux yeux ronds effroyablement tournés vers l'avant, qui ont élu domicile dans cet arbre contre toute volonté humaine). L'interdit était formel. Nous ne devions jamais regarder sous ce grand arbre, ce complice funeste qui hébergeait des oiseaux diaboliques. Nous y verrions quelque chose. Quoi ? Personne ne le savait vraiment.

L'envie était grande ce jour-là de braver l'interdit pour regarder sous cet arbre maculé de lugubres légendes. Je crierais si j'y voyais quelque chose de monstrueux, ai-je pensé. Mais j'ai résisté malgré tout pour continuer mon chemin, la tête lourde de tentation. Une tentation mêlée d'une peur indomptable qui m'emplissait le cœur et me couvrait le front de sueur.

Je suis rentré à la maison avec un sentiment de frustration. J'aurais mieux fait de regarder sous l'arbre pour enfin apaiser cette curiosité qui ébranlait mon esprit depuis des années.

La nuit a déjà effacé les derniers rayons du soleil lorsque ma mère occupée à la cuisine, m'a demandé d'aller acheter du pain pour le dîner. Ce n'était pas la première fois que j'allais acheter dehors à la tombée de la nuit, mais cet ordre n'avait plus le même sens que d'habitude. C'était comme si elle me demandait de retourner commettre un péché, un sacrilège auquel j'ai pu résister quelques instants plus tôt. Je marchais la tête rigide, les yeux fixés devant moi, pour aller acheter le pain, sans céder à ces mots qui m'incitaient à relever le défi contre ce moi si peureux, cette conscience façonnée par des croyances.

« Vas-y, regarde, c'est l'occasion, regarde sous l'arbre ! »

« Non, je ne regarderai jamais sous cet arbre », répliquais-je sans cesse jusqu'à la maison de la boulangère.

Je suis ressorti avec le pain, la tête coiffée de la même détermination à ne pas céder à la tentation. Et je marchais le regard immobile, les mâchoires serrées, le cœur battant …

Mais la tentation, cette implacable ennemie de l'homme, cette suborneuse inlassable, est devenue insupportable lorsque je suis arrivé à hauteur de l'arbre. La gorge nouée, les yeux gavés d'envie, j'ai ralenti le pas et tourné lentement le regard vers ce grand végétal qui m'attirait comme un homme par une femme. Tout y était calme et normal. L'ombre opaque du feuillage ne laissait paraître rien de méchant. Je me suis arrêté quelques secondes pour contempler ce dessous d'arbre qui n'offrait rien au regard. J'y prenais pourtant plaisir, comme lorsqu'on enfreint un interdit loin des yeux réprobateurs. Pourquoi les choses interdites sont-elles toujours aussi attirantes ?

J'ai regardé devant et derrière moi pour m'assurer que personne n'arrivait ; et j'ai fait quelques pas pour m'approcher un peu plus de l'arbre. Rien d'extraordinaire ne s'offrait à la vue. Qu'a-t-on déjà vu sous cet arbre pour nous interdire d'y regarder ? Quel crime ont-ils commis ces oiseaux pour avoir d'aussi méphistophélique réputation ?

Je m'apprêtais encore à faire quelques pas pour m'approcher davantage lorsque mes yeux ont perçu un mouvement dans le noir. J'ai fixé mon regard. Une forme indescriptible bougeait vraiment dans l'ombre. C'était un être à l'aspect difficilement saisissable qui semblait me faire signe de la main.

Est-il debout ou accroupi ? Où est sa tête ?... Je voulais comprendre.

J'ai continué à le regarder jusqu'à en perdre courage ; et j'ai pris mes jambes à mon cou. Je n'ai pas pu crier, je n'y ai plus pensé.

Les deux ou trois cents mètres qui me séparaient de la maison me semblaient des kilomètres que j'avalais pour aller annoncer à ma mère cette apparition. Elle s'est levée d'un bond :

– Comment est-il, mon fils? me demanda-t-elle le visage déformé par la peur.

– Je ne sais pas…, je ne l'ai pas bien regardé.

– C'est comme un homme ou un animal ?

– Un homme, je crois.

– Amène-moi voir !

Je ressentais la peur de ma mère à sa démarche pressante et incontrôlée.

« Je ne voulais pas regarder sous l'arbre, mais c'est comme si une force m'y avait dirigé le regard », dis-je, la voix tremblante, pour étouffer en elle toute envie de me réprimander d'avoir enfreint l'interdit.

De toute façon, je ne pouvais pas résister à l'appel de ces puissants invisibles qui nous verraient à notre insu et nous commanderaient selon leur bon vouloir, ces existants innommables qui prendraient forme la nuit pour terroriser ceux dont l'esprit serait fragile.

– Le voilà, le voilà, il est là.

– Où ?

– Tu ne le vois pas là-bas sous l'arbre ?... Il vient de bouger, tu l'as vu ?

– Ah oui ! Je le vois. Je crois que c'est une femme; elle nous regarde et nous fait signe de la main... Va vite appeler ton père !

J'ai couru comme un dératé pour retrouver mon père qui se prélassait sur une chaise longue, comme d'habitude, attendant patiemment le dîner.

– Papa, j'ai vu quelque chose !

– C'est toujours toi qui vois des choses.

Mon père n'avait pas tort de dire que c'est toujours moi qui voyais des choses. Il m'arrivait souvent de raconter des histoires sur des choses que je n'ai pas vues. Des histoires que j'inventais pour partager la peur que provoquaient les légendes et anecdotes effrayantes qui ne me laissaient pas la tête tranquille. Et il disait chaque fois : « c'est toujours toi qui vois des choses ». Mais j'avais peur, moi, à cause de ces faits mystérieux qu'on nous rapportait, ces histoires que nous racontaient nos parents sur ces êtres maléfiques qui nous entoureraient, et qu'ils tenaient aussi de leurs géniteurs. Il y a des histoires comme ça qui traversent le temps de bouche à oreille et qui font toujours frémir de peur les plus jeunes. Mais il disait toujours ça mon père et ne me prenait jamais au sérieux.

– C'est vrai, j'ai vu quelque chose sous le grand arbre. Maman l'a vu aussi et elle t'appelle.

Il s'est redressé aussitôt. Et il m'a semblé avoir vu ses yeux rougir d'un coup.

– Qu'es-tu parti chercher sous l'arbre ?

– J'allais acheter du pain pour le dîner et puis …

– Allons-y !

Et nous y sommes allés en courant.

Ma mère lui a montré l'être qui aurait fait des gestes surprenants après mon départ et lui aurait même fait signe de venir.

Mon père a fini par mieux saisir la forme et les gestes de cet être étrange dont le corps semblait se fondre par moments dans le noir pour nous paraître plus flou.

– Il balance le bras. Il nous appelle… Vous le voyez ? Il nous fait signe de venir.

Il me semblait ne pas avoir vu la même chose que mon père, mais j'ai acquiescé aussi. Je n'arrivais pas vraiment à décrypter ce que je voyais sous l'arbre. Il fallait sûrement avoir un certain âge pour mieux saisir ces gestes obscurs.

– C'est une femme, n'est-ce pas ? lui demanda ma mère.

– Non. Tu ne vois pas son aspect un peu trapu ? C'est plutôt un homme.

Mon père avait raison, je voyais aussi un homme.

C'était une nuit sans étoiles. La seule qui se voyait quelque part vers l'ouest dans le ciel terne comme s'il allait pleuvoir, n'était pas vraiment une étoile. C'était un satellite américain placé au-dessus de nos têtes pour espionner le monde.

(Il paraît que les Américains prennent parfois des photos ou nous filment à travers cette étoile artificielle pour illustrer des catalogues ou alimenter des documentaires sur l'Afrique. Et les femmes du village, depuis que nous avons su la vérité sur cette étoile, prennent toujours des précautions pour ne pas s'exposer nues devant l'objectif de ce voyeur du ciel.)

Les Américains regardaient peut-être ce phénomène blotti dans l'ombre, mais si loin, ils s'en moquaient sûrement.

La nuit avait un aspect on ne peut plus mystérieux. Les nuages qui passaient là-haut, défilaient à vive allure comme s'ils fuyaient devant l'épouvante. Le vent ne soufflait pas comme d'habitude, il soufflait dans toutes les directions et donnait aussi des frissons. Un vent chargé, dit-on dans ce cas-là.

Mon père essayait d'interpréter les gestes de l'être mystérieux dont on cherchait à cerner la forme et le mobile de son apparition sous l'arbre. Il finirait sûrement par décider d'aller le voir de plus près pour avoir l'esprit tranquille, me disais-je. Avec sa carrure d'adulte, personne ne pouvait l'empêcher de le faire. Rien ne l'obligeait à regarder de si loin ce qu'il pouvait voir de plus près.

Et je m'impatientais. Mais pourquoi n'y va-t-il pas ? ... Jusqu'à quand nous faut-il attendre pour comprendre ce qui se passe sous cet arbre ? ... Nous aurions déjà commencé à manger s'il n'y avait pas eu cette apparition…

– Va m'appeler le voisin ! m'ordonna-t-il plutôt sur un ton grave.

Le voisin était son ami. Un homme respectable qui possédait beaucoup de biens. Un agriculteur qui vendait même sa production de cacao aux industriels européens dont certains venaient le voir pour négocier le prix et faire des affaires. Un de ces hommes qui ont toujours l'air d'être sûrs d'eux-mêmes et qui semblent n'avoir peur de rien. Il voudrait sûrement aller voir ce phénomène de près, j'en étais certain. Mon père le pensait peut-être aussi.

Le voisin m'a suivi sans poser de questions, sans s'affoler. Jusqu'au moment où, briefé par mes parents sur ce qui se passait sous l'arbre, il semblait avoir perdu tout contrôle de lui-même et parlait sans cesse.

« C'est un homme » dit-il aussi.

Il racontait même des choses qui me donnaient encore plus de frissons.

– C'est l'un de ces esprits qui viennent profiter du monde des humains. Si nous n'étions pas là à le regarder, il serait déjà parti se donner du plaisir... Certains viennent même faire la cour aux femmes, dit-on. Des choses comme ça arrivent souvent mais on ne se rend même pas compte. Quel monde !

Mes parents l'écoutaient attentivement et agréaient ses propos. Leur peur semblait se mêler à une joie cachée quelque part dans leur cœur. La joie de voir de leurs propres yeux un être venu d'ailleurs, un extraterrestre, dirait-on dans un langage scientifique, un démon peut-être. L'enchantement d'être des témoins oculaires dont on ferait référence pour confirmer ces histoires fabuleuses, ces dépositions légendaires dont on doute souvent, mais qu'on conserve comme un héritage pour les générations à venir.

– Va m'appeler ma femme, jeune homme !

Je suis parti appeler la femme du voisin, une de ces cancanières qui ne manquent pas d'attirer la foule lorsqu'elles sont témoins de faits aussi extraordinaires. Elle est repartie appeler les gens de leur domaine qui abritait de nombreux foyers. Et ils sont arrivés en courant, les yeux écarquillés sur cette scène qui continuait toujours comme elle a commencé ; mais chacun y voyait des détails différents.

Certaines femmes, frissonnant de peur, s'agrippaient à leurs maris. D'autres repartaient chercher leurs amies dans des maisons plus loin. Criant dans la rue comme si elles venaient de voir le diable en personne, elles faisaient sortir tous ceux qui ignoraient que quelque chose d'étrange se passait sous l'arbre.

– Allons chercher une torche ! lança une femme.

– Une torche ? Ça ne va pas ? rétorqua le voisin. Si on l'éblouit c'est fini pour nous.

On aura malheur sur malheur dans le village. Ça ne va pas ?

– De toute façon il disparaîtrait en un clin d'œil s'il voyait quelqu'un arriver avec une lampe, ajouta mon père.

Beaucoup de personnes âgées arrachées de leur lit par le cri de ces dames agitées, étaient là aussi. Ces vieillards trouvaient alors l'occasion de raconter d'effroyables histoires sur ces êtres immatériels dont l'un aurait pris le plaisir vipérin de se faire voir, secouant les jambes ou les bras par moments.

«Vous le voyez, il se cache le visage, il a honte de la foule », dit *Papa latrines* qui semblait mieux connaître les secrets de l'univers d'où serait venu l'étrange visiteur qui se cachait sous l'arbre.

Il faut quand même que je vous parle un peu de ce vieil homme qui surveillait les latrines publiques du village. Tout le monde l'appelait *Papa latrines* même s'il n'aimait pas ce surnom qu'il trouvait déshonorant. Il faisait parfois comme s'il n'avait rien entendu ou se résignait à cette insolence populaire, cette volonté collective de l'affubler d'un surnom répugnant. Mais il se fâchait souvent, il s'énervait vraiment. Il vociférait des injures contre quiconque osait l'appeler *Papa latrines* et l'insultait jusqu'au dernier-né de sa famille. Il le maudissait et maudissait son père et sa mère. Il jurait par les montagnes et les mers, par toutes les espèces invisibles, que toute sa famille serait maudite. Il se fâchait vraiment, je vous dis.

Un matin, nous nous réveillâmes avec une intrigante histoire qui nous donna la chair de poule et nous obligea à lui témoigner un grand respect. À le craindre plutôt. Il aurait donné une claque à un démon de la nuit qui se serait mis sur son chemin. Quel courage ! Tous les petits délinquants qui lui lançaient souvent des railleries, passaient assez loin des latrines pour ne pas croiser son regard. Mais nous saurions plusieurs jours plus tard grâce aux plus curieux qui creusèrent le mystère, qu'il s'en était plutôt pris à un cactus dans la rue. Dans un de ses delirium tremens, il prit cette malheureuse plante pour un être indésirable. Et nous avions compris pourquoi il s'en était sorti avec la main bandée pendant des jours.

La foule écoutait attentivement *Papa latrines* quand il expliquait le sens des gestes de l'étrange visiteur qui ne changeaient guère. Il bougeait les jambes ou les bras, rien de plus. Et nous continuions à le regarder dans l'attente de quelque chose de plus spectaculaire : qu'il se lève pour s'en aller, qu'il nous parle dans une quelconque langue, ou bien … qu'il disparaisse tout simplement.

— Qui est le premier à l'avoir vu sous l'arbre? demanda quelqu'un dans la foule.

— C'est mon fils … mon fils, répondit ma mère. Et dire qu'il n'a que treize ans ; oh mon Dieu ! Qu'est-ce qui nous arrive dans la famille ?

Tout le monde voulait me poser des questions. Et je répondais de façon à attiser leur curiosité d'aller voir de près le phénomène. Mais sans oser faire un pas de plus vers l'arbre, ils fixaient attentivement mon étrange trouvaille.

Quelques femmes, fatiguées d'être debout, se sont assises par terre, espérant patiemment un dénouement. Et quand on criait : « il bouge ! il bouge ! », elles se levaient pour voir.

Le temps passait et on attendait que le mystère se dénoue. Ce temps devenu élastique et interminable ne nous semblait plus important dans cette attente, les yeux rivés sur l'insaisissable blotti dans le noir.

Puis, nous voyions arriver quelqu'un qui marchait avec assurance et sifflotait aussi.

« C'est Félix », dit une femme qui l'a reconnu de loin.

Nous poussions un soupir de soulagement auquel s'ajoutaient quelques expressions de dédain à l'endroit de ce Félix toujours insolent.

Félix ! Cet homme insupportable dont on racontait tous les jours son mépris pour nos traditions qu'il jugeait inutiles et pesantes. Ce maître d'école venu de la grande ville qui bravait les tabous et dénigrait les totems.

Félix ! Ce rebelle qui se promenait toujours avec de gros livres qu'il lisait même dans la rue.

Félix ! Ce révolutionnaire dans l'âme.

Il rentrait d'une balade nocturne, sifflotant gaiement comme pour se moquer du monde car il savait que c'était interdit de siffler la nuit dans le village.

« Oh, quelle foule ! Que se passe-t-il ici ?» demanda-t-il.

Sans attendre de réponse (sachant que personne ne voudrait lui parler), il continuait de siffloter tout bas, espérant découvrir lui-même ce qui rassemblait autant de personnes.

Papa latrines a repris l'interprétation des gestes du mystérieux visiteur qui tenait le premier rôle dans cette intrigue dont nous étions impatients de connaître le dénouement.

Attendait-il vraiment qu'on s'en aille pour se fondre dans la nature comme le disaient certains ?

La femme qui l'a reconnu de loin, a pris la peine ou plutôt le plaisir d'expliquer à Félix ce qui se passait.

–Il vous a parlé ? lui demanda-t-il d'un air ébahi.

– Non, il ne dit rien à personne. C'est un esprit matérialisé. Tu sais bien qu'il ne peut pas parler dans une telle situation.

Puis l'on criait une fois encore : « il bouge ! il bouge ! »

–Tu vois, il bouge. Regarde Félix, regarde, tu le vois ?

– Je ne le vois pas bien d'ici … Vous êtes déjà allés le voir de près ?

– Non.

– Je vais aller voir.

« Félix veut aller sous l'arbre ! » cria la femme à la foule.

Tout le monde s'est tourné vers lui.

– Attention Félix ! Ne fais pas ça, tu vas le provoquer, dit *Papa latrines*.

– Faut pas blaguer avec ces choses, Félix. Va faire tes bêtises envers les hommes, pas envers les esprits ! fulmina le voisin.

Tous essayaient de lui parler pour le dissuader d'aller sous l'arbre. Certains, d'un ton sévère pour l'intimider. D'autres, des femmes surtout, le suppliaient de ne pas aller provoquer le démon et lui racontaient ce qui serait arrivé à certains hommes ayant osé défier ces esprits incarnés. Il les écoutait attentivement et, redoutant peut-être les malheurs qui se seraient abattus sur les téméraires, il semblait abandonner sa décision. Et nous portions à nouveau nos regards vers la scène qui continuait de nous faire frémir de peur et de curiosité.

Soudain, contre toute attente, Félix, ce têtu de nature, ce rétif inflexible, a surpris tout le monde en s'élançant vers l'arbre. Les femmes et quelques hommes transis de peur, ont fait plusieurs pas en arrière et criaient au secours.

Félix est arrivé près de l'être que nous voyions dans l'ombre et est resté immobile pendant un moment, comme bloqué par une force invisible. La foule s'est tue. Figés comme des bois, nous pensions qu'il venait d'être frappé par un malheur qu'il aurait mérité, et nous nous attendions aux cris, aux gémissements, aux lamentations de cet irrévérencieux. Mais c'était plutôt son rire qui nous a éclaboussé les oreilles. Félix s'est mis à rire. Il riait comme s'il venait de trouver le bonheur ; puis il a saisi quelque chose et l'a soulevé en criant : « vous avez peur de ça ? »

Et nous le voyions revenir avec dans sa main ce qui bougeait là-bas sous l'arbre.

« Voilà votre démon ! » dit-il en jetant par terre un vieux pantalon noir.

Était-ce ce pantalon accroché à un bout de bois sous l'arbre, qui se balançait au gré du vent pour donner l'aspect d'un homme qui bougeait les jambes ou les bras ?

Félix est reparti, laissant perplexes ces hommes et ces femmes silencieux comme des morts. Et dans ce silence épais qui couvrait nos têtes, nous le regardions s'éloigner à pas de guerrier, sifflotant comme un vainqueur.

Le lendemain matin, dès l'aurore, quelques hommes sont retournés voir le pantalon pour l'examiner sous toutes les coutures, mais ils ne l'ont pas retrouvé là où Félix l'avait jeté. Et tout le village est convaincu jusqu'à ce jour qu'il y avait vraiment quelque chose sous l'arbre, un esprit incarné qui serait revenu s'en servir quand la foule s'est dissipée.

*

Voilà ce qui s'est passé cette nuit où la peur a saisi le village devant une forme difficile à identifier dans le noir.

Nous en avons assez de ces existants immatériels qui nous torturent ici à la faveur de la nuit. Comment voulez-vous que nous nous intéressions à ces histoires de sorcellerie racontées dans des livres pour distraire les esprits en quête de frissons exotiques ?

II
Mon oncle, ce revenant !

Depuis le décès de mon père survenu six ans après cette apparition restée dans toutes les mémoires, j'ai moins peur de ces êtres au pouvoir maléfique qui hantent nos nuits et rendent nos jours difficiles.

Tous les vieux disent que mon père n'a pas été emporté par une mort naturelle. Un sorcier serait dans le coup. Il lui aurait jeté un sort imparable et aucune médecine humaine n'aurait pu le sauver.

La nuit où mon père est tombé, j'ai traversé le village pour aller chercher un soigneur, mais c'était trop tard. Lorsqu'on réussit à braver ainsi les ténèbres dans une région comme la nôtre, je vous assure qu'on n'a plus peur la nuit. Sauf quelques fois, je le reconnais. Comme ce soir où mon oncle qu'on croyait mort quelque part, est revenu me rendre visite. J'en parle toujours au présent comme si je revivais l'événement chaque fois que je le raconte :

*

Une pluie torrentielle vient de s'abattre sur nos toits. L'orage gronde encore et de fines gouttes d'eau tombent par cadence sur les toits. La nuit est froide et nul être n'ose mettre le nez dehors. Hommes, chiens, chats et autres animaux nocturnes, ont trouvé abri quelque part, effrayés par ces éclairs qui déchirent le ciel encore chargé de nuages.

La porte fermée, je sors de temps en temps la tête par la fenêtre pour respirer l'air frais et pur qui semble s'échapper des entrailles de la terre. Ils ont raison ceux qui disent que la nature renaît après la pluie. Je me délecte de cet air pur avant qu'il ne soit souillé par les odeurs enfermées dans les maisons, ces relents qui jailliront dehors dès les portes ouvertes.

Un bruit de pas attire soudainement mon attention. J'aperçois quelqu'un qui flâne dans les ténèbres. Je ferme précipitamment la fenêtre et, l'oreille collée à la fente des volets, j'écoute son pas nonchalant qui s'approche.

Et il s'arrête devant ma porte.

« Bally,... Bally… »

La voix a été à peine audible, mais j'ai entendu quelqu'un m'appeler. C'est sûr, j'ai entendu quelqu'un.

Ne ferais-je pas l'idiot en ouvrant la porte ?

Non, je ne vais pas ouvrir cette porte.

« Bally, c'est moi ton oncle. Ouvre-moi, s'il te plaît »

Mon oncle ?… Pourquoi marchait-il comme un étranger qui cherchait son chemin ? Je me précipite sur la porte pour l'ouvrir.

Des oncles, j'en ai beaucoup et je les connais tous. Mais cet homme trempé jusqu'à l'os, avec pour seul bagage une pipe cachée dans un sac en plastique, je ne l'ai jamais vu, je ne le connais pas. Une stupeur m'envahit le visage et je le regarde effaré, immobile.

– Je suis ton oncle Wabey, le frère de ton père.

Et il entre sans attendre d'être invité.

Je le regarde attentivement et mon effroi se dissipe peu à peu devant ses traits de visage qui ressemblent vraiment à ceux de mon défunt père. Ses yeux, ses cheveux, son front, son nez,… il a tout de mon père. Sa voix aussi.

– Ton père ne t'avait pas parlé de moi ? …
Je suis parti peu après ta naissance et je ne suis plus jamais revenu. J'ai décidé de venir te voir parce que j'ai des choses à te dire. Je me fais beaucoup de soucis pour toi depuis que j'ai appris le décès de mon frère.

Mon père me parlait souvent de son unique frère Wabey qui, après la mort de grand-père, décida de partir loin du clan familial, sans laisser de trace. Il serait parti pour ne pas mourir comme grand-père qui aurait été tué par un complot tramé par des proches parents. Ces derniers, jaloux de ses biens, l'auraient vendu à une confrérie de sorciers.

C'était la peur qui poussa alors mon oncle Wabey à disparaître, disait mon père.

Est-il revenu pour réclamer son héritage ? Comment a-t-il fait pour savoir que son frère n'est plus de ce monde? Je demeure stupéfait devant cet oncle qui resurgit de l'oubli.

– Donne-moi un peu d'eau à boire.

Je lui donne de l'eau, mais il s'en va la verser par terre dehors.

Il décroche un vieux portrait de mon père accroché au mur, le regarde longuement, pousse un soupir avant de lâcher sur la photo : « Je te l'avais dit, tu aurais dû m'écouter et partir avec moi. Tu serais toujours en vie si tu m'avais suivi. »

Il raccroche le portrait et se tourne vers moi.

– Je suis revenu pour toi, Bally. J'ai des choses importantes à te dire. Je dois te protéger… Donne-moi encore un peu d'eau s'il te plaît.

Il s'en va dehors et s'en débarbouille le visage comme s'il venait de se réveiller d'un long sommeil. Est-ce l'émotion de retrouver sa maison d'enfance qui le torture ainsi ? Que ressent-il au juste dans cette tête qu'il secoue sans cesse? Dans ce corps de fugitif, son esprit est peut-être fatigué de l'isolement et de l'exil, languissant depuis longtemps de revoir les siens.

– J'avais juré que je ne reviendrais plus jamais ici pour revoir ces gens qui nous voulaient du mal. Je suis revenu parce que j'ai des choses à te dire Bally. Tu as intérêt à me suivre sinon tu finiras comme ton père.

– On s'en va maintenant?

– Non. Fais ton sac, nous partirons demain avant l'aube. Je ne veux pas que ces gens me voient.

Ces gens, ce sont les membres de la grande famille. Les oncles, les tantes et les cousins que moi je ne trouve pas méchants. Il a peut-être raison, je dois le suivre pour tout savoir.

Avant que les premiers rayons du soleil ne commencent à poindre, nous sommes déjà loin des habitations. Je marche derrière mon oncle d'un pas pressé, comme poursuivi par un malheur. Et nous nous dirigeons vers là où il s'est enterré quand tout le monde le croyait mort.

Nous nous enfonçons dans la forêt dense. Les cris de bêtes sauvages qui se réveillent de leur repos nocturne nous parviennent de partout, mais mon oncle n'y prête guère attention pour ralentir le pas. Par nos mains nous nous frayons le passage, avançant inlassablement malgré les ronces qui s'accrochent à nos habits et nous lacèrent la peau. Mon oncle marche comme si de rien n'était et je le suis comme si la douleur ne m'atteignait.

Après plusieurs heures de marche, la forêt s'ouvre sur une clairière avec trois cabanes qui semblent habitables. Enfin ! Nous sommes arrivés, ai-je pensé.

– Ce n'est pas ici. Nous avons encore quelques kilomètres devant nous, me dit-il en me voyant ralentir le pas.

Encore quelques kilomètres ? … Pourquoi a-t-il choisi d'aller vivre aussi loin ?...

Nous replongeons la tête dans la forêt et avançons par moments le dos tourné pour ne pas recevoir en pleine face les lianes qui se détachent brusquement des branches auxquelles le vent les a accrochées.

Après avoir marché encore plus de deux heures, nous apercevons une cabane solitaire qui semble être posée sur l'herbe qu'on doit sillonner pour y accéder, sous de grands arbres au feuillage épais.

– Nous sommes arrivés. Je vis ici.

Je m'arrête aussitôt, immobilisé par une forte envie de ne plus avancer. Quelle vie peut-on avoir à cet endroit ? Mon père avait raison de croire que son frère Wabey est mort. Il ne vit plus comme un homme, il a changé de nature.

– Ne t'arrête pas là, entre !

Un matelas de pailles qu'on devine fabriqué par lui-même est posé par terre dans la cabane. Quelques chemises et pantalons pendent sur un fil de fer tendu d'un angle à l'autre. Un vieux chien au visage creux comme celui d'un singe, allongé sur ses pattes, nous regarde d'un œil comme s'il dormait de l'autre. Il ne se lève pour accueillir son maître, ni n'aboie pour effrayer l'étranger. Il semble avoir vieilli plus vite que le temps, torturé par cet espace qui n'a rien à lui offrir pour l'aider à vivre normalement, confiné entre ces arbres lugubres et une impitoyable solitude.

– Assieds-toi, Bally.

Je m'assois sur le matelas. Le chien se lève enfin et vient me flairer les pieds avec une insolence qu'on ne pourrait imaginer chez une bête.

– Attends, attends, ne bouge pas ! Le chien est en train de voir quelque chose, dit mon oncle en s'approchant doucement de l'animal.

On dit chez nous qu'un chien renifle les pieds d'un visiteur qui arrive avec une mauvaise intention ou qui est poursuivi par l'esprit d'un sorcier. Je reste donc immobile, balançant mon regard de l'oncle au chien et du chien à l'oncle.

– Bouge pas ! Il est en train de voir quelque chose.

Je ne bouge pas.

Le chien renifle longuement mes pieds puis retourne s'allonger dans son coin.

– Il a senti qu'un mauvais esprit te poursuit. Tu comprends maintenant pourquoi j'ai fait tout ce trajet pour aller te chercher ?

Puis il réchauffe quelques morceaux d'igname, et nous nous repaissons silencieusement.

– Tu verras que dans quelques jours la nature t'offrira tout et tu n'auras plus envie d'aller vivre ailleurs, m'assure-t-il à la fin du repas avant de sortir de la cabane.

Le chien s'approche à nouveau pour flairer mes pieds et je découvre sous ma chaussure ce qui lui fait perdre ainsi la tête : des traces de sang et un reste de rat que j'ai dû écraser sans le savoir. Je lui offre ce régal en le laissant lécher la semelle et il s'allonge près du matelas, l'air satisfait.

Je m'allonge aussi, attendant que mon oncle vienne me faire ses révélations ; et je m'endors, emporté par l'épuisement.

Une sensation de froid me court sur l'avant-bras et me réveille en sursaut. C'est le chien. Était-il en train de me lécher ?

La nuit est déjà tombée sur la forêt. Une lampe-tempête éclaire la cabane. Je sors regarder autour de la cahute et j'appelle mon oncle, mais ne reçois aucune réponse. Un silence indésirable revient vers moi comme écho pour me faire taire comme un mort dans cet univers sauvage qui s'endort.

Où est-il parti ? Je rentre m'asseoir sur le matelas, et j'ai l'impression d'être abandonné dans le néant, avec pour seul existant ce chien assis sur son postérieur qui me regarde d'un air triste. Je ne peux pas rester seul dans cette cabane perdue dans la forêt. Je saisis mon bagage et je m'élance à travers l'herbe lorsqu'une voix me rattrape dans le dos.

– Où vas-tu, Bally ?

Je me retourne vers cette voix qui m'est devenue familière depuis hier soir. Assis sur un tronc d'arbre, voilà mon oncle qui fume tranquillement sa pipe.

– Je vous ai appelé mais vous n'avez pas répondu …

– Ce n'est pas une raison pour partir, Bally. Je te répète que j'ai des choses à te dire, tu as intérêt à rester ici.

Je rentre m'asseoir et je ne me plains pas d'être empêché de partir. Je préfère quand même passer la nuit à l'abri avec mon oncle.

La lueur de la lampe commence à s'affaiblir et la cabane s'assombrit.

– La lampe s'éteint, mon oncle !

– C'est le pétrole ; il n'y en a plus. Je vais en remettre demain.

Il entre dans la cabane, caresse un peu la tête du chien et achève d'un souffle l'agonie de la lampe. Et les ténèbres nous envahissent complètement.

– Qu'avez-vous à me dire, mon oncle ?

– Je te l'ai déjà dit, Bally. Les gens qui t'entourent là-bas ne nous aiment pas. Je t'ai fait venir ici pour vivre avec moi, sinon tu finiras comme ton père. Tu es encore trop jeune pour tout savoir, mais assez grand pour comprendre que ton père ne serait pas mort s'il m'avait écouté.

Je n'ai rien dit après son propos. Et nous écoutons pendant un long moment le silence de la nature de temps en temps percé par des cris de rapaces et des bruits étranges.

Puis je commence à entendre des éclats de rire qui nous parviennent à travers le vent.

– D'où viennent ces rires, mon oncle ?

– Quels rires ?

– Vous ne les entendez pas ? Des gens sont en train de rire quelque part.

– Ce ne sont pas des rires. C'est le bruit de la nature. Dors maintenant.

Le bruit a cessé et me laisse dubitatif. Je crois que j'ai bien entendu des éclats de rire, non ? Il y a des moments comme ça où les sons qui nous parviennent à l'oreille sont déformés par le cerveau envahi par l'émotion. C'est peut-être ce qui vient de m'arriver. Et je reprends mon souffle pour dormir.

Mais d'autres sons me parviennent encore à l'oreille. Et cette fois, je les entends bien. Non, ce n'est pas le bruit de la nature ça. C'est comme le bruit de tam-tam mêlé à un chant. Je n'hallucine pas, j'entends des bruits que je connais.

– Vous les entendez ? Ils chantent maintenant.

– Qui ?

– Ceux qu'on entend… Y a-t-il un village non loin d'ici ?

– Non. Tu as vu toute la forêt que nous avons traversée pour arriver ici ? Il n'y a aucun village d'où tu peux entendre chanter.

– Il y a peut-être des gens qui sont venus dans la forêt. Vous ne voulez pas qu'on aille jeter un coup d'œil ?

– Ne sors pas ! crie-t-il comme si j'allais m'exposer à un danger en mettant le nez dehors.

Et il ajoute après un bref silence : « Si tu sors, c'est fini pour toi. Ce sont des aguê-béto que tu entends là. Dors maintenant. »

Mon cœur fait un bond dans ma poitrine. Les aguê-béto ? Il n'y a pas plus rusés et plus maléfiques que ces esprits de la forêt qu'on dit avoir causé la disparition de beaucoup d'hommes et de femmes par le passé. On ne blague pas avec ces êtres qui prennent souvent l'apparence de petits hommes, avec une grosse tête, les yeux toujours cachés par de longs cheveux ébouriffés, les fesses rebondies, le dos creux et les pieds retournés vers l'arrière, laissant des empreintes dans le sens inverse de la marche. Ils peuvent aussi prendre l'aspect d'un homme charmant pour séduire les femmes, ou celui d'une jolie femme pour attirer les hommes. On raconte que tous ceux qu'ils ont emmenés dans leur monde deviennent leurs esclaves ou leurs portefaix et ils leur donneraient à manger des racines de manioc pourries.

Non. Je ne peux pas vivre dans cette forêt. Pour être pris au piège par ces petits êtres futés ? Demain, je repartirai dès le lever du jour. Ce qu'en pense mon oncle, je ne veux pas le savoir. D'ailleurs il n'en pense plus rien, il ronfle déjà.

Pourquoi est-il venu vivre ici ? Pourquoi méprise-t-il ainsi les membres du clan familial qui ne nous ont concrètement rien fait de mal ? Seraient-ils des boucs émissaires qu'il expédia loin de son cœur pour apaiser ce chagrin qui nous envahit à la mort d'un parent ? Comment le savoir. Je ferme les yeux et je m'efforce de ne plus y penser.

La cabane est complètement éclairée quand j'ai ouvert les yeux. Il fait déjà jour. J'ai bien dormi malgré tout. Quel bonheur de revoir le lever du soleil !

Mon oncle dort encore. Je prends doucement mon sac pour ne pas réveiller le chien allongé à côté, et je sors discrètement. Je traverse l'herbe humectée par la rosée pour retrouver la piste que nous avons empruntée pour arriver. Je me retourne vers la cabane dans un geste d'adieu et, le voilà, le cou tendu par-dessus l'herbe, qui me regarde partir. Oui, le chien me regarde sans aboyer, comme s'il jouait le rôle d'un complice. Il songe peut-être à partir aussi, mais fidèle à son maître il n'ose pas agir en traître.

*

De retour au village, j'ai parlé de l'oncle Wabey à mes tantes, ma mère et mes oncles. Je leur ai dit que j'ai passé la nuit avec lui dans une forêt. Ils ont hurlé. Les tantes ont pleuré. Et ma mère n'en revenait pas. C'était le choc.

Après trois jours de discussion, la décision a été prise d'aller le voir et le convaincre de revenir au village pour reprendre sa place dans la famille. Je suis parti avec deux de mes oncles (ce ne sont pas des oncles au sens propre du terme, mais chez nous c'est comme ça qu'on appelle tous les hommes qui ont l'âge d'être nos parents) ; et nous avons repris le chemin à travers la forêt jusqu'à atteindre cette clairière avec les trois cabanes qui semblent habitables. « Il nous reste encore quelques kilomètres pour retrouver la cabane d'oncle Wabey » leur ai-je dit. Mais après plus de deux heures de marche, nous ne sommes pas tombés sur sa cabane solitaire. Nous avons passé un long moment à chercher, sans succès.

Et je n'ai plus jamais revu mon oncle Wabey.

III
Mon ami Léon

Les soirs où la lune ressuscitée dissipe l'obscurité pour éclairer la nature, il nous arrive de passer une bonne partie de la nuit dehors. Et on aime ces soirs où la lumière du ciel plonge les esprits dans un état d'excitation pour causer avec les filles.

Un soir comme ça, nous avons brusquement été interrompus dans nos causeries par les cris de deux jeunes femmes. « La porte ! La porte de la maison abandonnée ! La porte est ouverte !!! » Elles hurlaient de toute la force de leur voix comme si elles venaient de voir un fantôme, arrivant sans leur pagne dont elles se sont débarrassées pour courir plus vite ; et se sont affalées près des vieux assis ensemble pour boire tranquillement leur vin de palme.

« Quelqu'un a ouvert la porte de la maison abandonnée », répétaient-elles le souffle coupé par des sanglots.

Depuis que je suis né, je n'ai jamais vu la porte de cette maison ouverte. Personne n'a jamais pu nous dire qui l'a construite près de la forêt avant de l'abandonner. Il paraît que quelques vieux, bien avant ma naissance, auraient tenté d'ouvrir la porte sans y parvenir. Et depuis, nul n'a osé contester la conclusion que la maison a été posée là par un être venu d'une autre sphère. Il aurait trompé la vigilance des habitants du village pour ériger cet ouvrage ressemblant à une maison, mais qui n'en serait pas vraiment une. Même Félix qui a toujours bravé les tabous et dénigré les totems, n'a jamais cherché à ouvrir la porte de cette maison qui ne serait en réalité qu'une illusion créée par un succube ou un incube qui s'en servirait pour s'adonner à des plaisirs de la chair.

Le mystère qui l'entourait dépassait de loin celui d'une maison hantée dans laquelle on entendrait des bruits bizarres, des portes s'ouvrir et se fermer, des rires ou des gémissements, des souffles de respiration de quelqu'un qu'on ne voit jamais. Une fois, le bruit est arrivé jusqu'à nous que dans un village en France – un pays où les gens ne croient guère aux phénomènes qui nous terrorisent ici, où l'on rit au nez de ceux qui disent qu'il existe des êtres imperceptibles à l'œil humain ou des extraterrestres qui volent au-dessus de nos têtes dans des soucoupes sans moteur, un pays où l'on croit que l'existence se limite aux êtres de chair – un homme a été témoin d'une scène effroyable dans une maison hantée. Il était sous la douche lorsqu'il a entendu des bruits alors qu'il était seul dans la maison. Il a entendu quelqu'un se racler la gorge et marcher dans la salle à manger, jetant des verres par terre et ouvrant le robinet de la cuisine. Il a tellement eu peur qu'il s'est enfui par la fenêtre de la salle de bain et s'est retrouvé nu dans la rue.

On nous racontait des histoires de ce genre, mais aucune ne nous instillait autant de peur que cette maison abandonnée près de la forêt dont la porte hermétiquement fermée, laissait penser que les invisibles qui venaient s'y loger, n'auraient pas de sympathie pour le genre humain.

Pourquoi la porte s'est-elle ouverte comme un piège tendu aux curieux ? La nouvelle nous a prostrés sur place pendant quelques secondes, et sans oser vérifier ce qu'il en était, nous avons suivi la décision des vieux de rentrer à la maison.

Malgré l'effroi suscité par l'événement, je suis resté à la fenêtre pour contempler le ciel nocturne illuminé par les rayons sobres de la femme du soleil, cette lune qu'on aimerait voir toutes les nuits là-haut. Et un amer souvenir m'est revenu à l'esprit. Le souvenir de mon ami Léon.

Je me revois encore debout à cette fenêtre en vous racontant ce souvenir qui me fend le cœur comme un couteau :

*

La voûte céleste semblait plus proche de la terre et la lune toute ronde brillait sans ménagement. Le vent soufflait rageusement sur les toits et faisait danser les feuillages dont l'ombre recouvrait les herbes hantées par des pythons aux gueules plates vénérés par certains. (Le python est le totem de nombreux peuples qui lui offrent des sacrifices et lui adressent des prières pour connaître le bonheur ou demander protection). Voilà des coutumes qui ont souvent fait rire Félix qui m'a déjà expliqué l'origine de ce totem. Le python est ainsi vénéré dans certains villages depuis que le prophète Moïse, dans un désert infesté de serpents venimeux dont la morsure provoquait une mort instantanée, réussit à sauver son peuple en fabriquant un serpent de cuivre qu'il accrocha à un poteau. Tous ceux qui étaient mordus devaient lever les yeux vers ce serpent de cuivre pour rester en vie.

Cette histoire fascina les hommes à travers le temps et le python finit par incarner, dans certaines régions, l'image de ce serpent sauveur.

Moi j'ai toujours eu peur de ces bêtes maudites, ces serpents qui traînent leur corps dans la poussière. Et rien que d'y penser, me donne déjà des frissons.

Quelque chose me disait que la forêt était hantée par des éléments plus affreux que les serpents. Un tressaillement m'a parcouru du pied à la tête et j'ai saisi les volets pour les fermer lorsqu'un spectacle a accroché mon regard. La branche d'un arbre s'est cassée et j'ai vu un oiseau s'envoler pour se poser sur une autre branche qu'il a fait tomber aussi. Il s'est posé sur une troisième branche qui se balançait de haut en bas comme secouée par une lourde charge. Une curiosité indomptable m'immobilisa alors à la fenêtre pour voir ce qui allait se passer.

Par-dessus les arbres, je voyais une fumée épaisse s'élever de l'autre côté de la forêt, dans ce village où je ne suis plus jamais retourné depuis le soir où j'y ai perdu mon ami Léon.

Léon était un garçon sympathique et jovial. Toujours heureux de vivre malgré une grave erreur commise par la nature sur son corps affublé d'une bosse qui pesait sur son dos. Sa bosse était énorme pour son âge. Tout son corps en souffrait visiblement.

Il n'est pas né bossu, disait-on à ceux qui se moquaient de lui, ces jeunes qui venaient des hameaux alentour pour vendre deux ou trois trucs le jour du marché. C'était un terrible microbe, un virus ou un vilain germe de ce genre qui le rendit malade plusieurs mois, peu après l'âge de deux ans. Quand il se remit de cette longue maladie, son corps changea complètement et son édifice dorsal se trouva déséquilibré, augmentant de volume au fur et à mesure qu'il grandissait. Son père devait en vouloir au sort qui avait rendu Léon différent et l'exposait ainsi à la moquerie des autres enfants.

Je n'ai pas connu sa mère. Je ne la voyais que sur une photo. Elle paraissait autoritaire et son visage trahissait une insatisfaction permanente que son bel accoutrement ne pouvait dissimuler sur cette photo prise avant la naissance de Léon. Son père était jeune et quelque chose me faisait toujours penser que c'était le jour de leurs fiançailles. C'était l'habitude à cette époque : faire une photo souvenir avec sa fiancée, assis sur son lit de célibataire.

Cette photo que Léon me montrait souvent, était l'unique cordon qui le reliait encore à sa mère qui l'avait abandonné quand il n'avait que trois ans, disaient certaines femmes qui lui offraient quelques pièces pour acheter du pain…

La fumée qui se dégageait au loin devenait polymorphe, formant dans le ciel une image aux contours imprécis. Une partie a fini par présenter la forme d'un être, celle d'un cheval, un cheval au galop ; puis d'un homme, un homme avec la partie supérieure du dos légèrement bombée. Oui, c'était un homme avec une bosse que la fumée a dessiné là-haut. C'est étrange comment les choses peuvent parfois lire dans notre esprit pour nous rendre l'image de nos pensées !

Le regard fixé sur la fumée, je repensais à ce moment où Léon et moi, toujours à l'affût pour capturer des tourterelles à vendre le jour du marché, traversions la forêt pour nous rendre dans ce village où les oiseaux allaient se poser en masse pour picorer quelques grains avant de regagner leurs nids.

Il était environ dix-sept heures. Sur le sentier, je m'efforçais d'ignorer les mises en garde véhémentes que lui adressait son père. « Ne va jamais dans ce village ! C'est dangereux pour toi, n'y va pas ! » Une interdiction tranchante qui résonnait en moi comme les tintements d'une cloche annonçant un requiem. Léon aussi s'en rappelait sûrement, mais s'en moquait probablement. Avait-il tort ? Un père pourrait-il trancher la gorge à son fils parce qu'il s'est rendu dans un village interdit ?

Mais l'interdiction me hantait l'esprit comme si j'étais dans le corps de mon ami.

« Ne va jamais dans ce village ! »

– Je vais y aller.

« N'y va pas ! »

– Laisse-moi tranquille, j'y vais.

À l'entrée du village, nous avons aperçu une horde de tourterelles dans un champ. Léon me montra l'endroit où je devais tendre mes pièges. Il a vu juste : les oiseaux de ce côté-là paraissaient moins prudents. Ils s'envolaient à peine quand je m'approchais et se posaient juste à côté. Je m'évertuais à réussir la technique la plus efficace, quand j'ai entendu Léon crier derrière moi. Il hurlait sur le dos d'un homme qui l'emmenait en courant comme un sac de riz sur le dos d'un docker. J'abandonnai aussitôt les pièges pour les suivre à distance.

Le ravisseur a fini sa course devant une case dont le toit de chaume arborait un drapeau multicolore, signe que l'accès était réservé aux initiés. Blotti contre un tronc d'arbre, j'allais être témoin d'une scène triste et horrible que je n'ai jamais pu raconter.

Un appel a été lancé pour rassembler autour de la case un groupe d'hommes et de femmes. Et ils ligotèrent Léon malgré ses sanglots à inciter la pitié de tout être humain.

Il m'a fallu plusieurs années avant de savoir pourquoi ils ont agi ainsi envers Léon. Son seul crime était de porter une bosse ou plutôt de l'avoir traînée jusqu'à ce village où les habitants avaient une lugubre superstition sur les bossus. Pour eux, une bosse renfermerait quelque chose de précieux à sacrifier aux dieux pour obtenir richesse, prospérité et protection.

Son père aurait dû le lui dire. Il aurait dû lui expliquer pourquoi il ne devrait jamais se rendre dans ce village. Croyait-il que l'ordre véhément suffirait à dissuader Léon qui n'était qu'un enfant ?

Léon pleurait la tête contre le sol. Je ne pouvais voir son visage mais je savais que mon ami pleurait.

La nuit a complètement envahi le village. Par endroits dans la cour, des lampions éclairaient les visages, mais moi je ne regardais qu'une seule personne : Léon qui se débattait infatigablement pour se détacher.

Puis, quelque chose d'autre attira mon regard. C'était un bélier blanc attaché à un tronc d'arbre sans feuillage. Il avait les yeux rivés sur Léon comme s'il le plaignait d'avoir à partager ce sort animal. Un cruel sort que subit son espèce depuis la nuit des temps, depuis l'époque où l'homme court derrière les sacrifices d'animaux pour obtenir une faveur divine. Il remuait inlassablement sa mâchoire inférieure et, la corde au cou, il attendait patiemment. Il attendait avec courage le thanatos.

La bête fit un mouvement et faillit tomber. Il lui manquait une patte. Pauvre créature inférieure ! Aurait-elle déjà subi une mutilation pour honorer un dieu carnivore ?

Des tambourineurs prirent place devant la case et le bélier sentant venir le malheur, commença à bêler fort. Ces hommes excités se mirent à déchirer le calme obscur du village par le battement des tam-tams dont le son emportait des femmes qui esquissaient des pas de danse.

Léon ne bougeait plus. Aurait-il compris que ses efforts ne servaient à rien ? Il se résignait alors à subir le coup.

La danse prenait une tournure frénétique et endiablée. Les femmes entraient en transe et dansaient sans retenue comme si elles étaient manipulées par des dieux qui seraient descendus pour se mêler à l'ambiance.

Le bélier semblait crier de plus en plus fort, mais son cri d'appel à la vie ne s'entendait nulle part. Il bêlait inlassablement comme s'il voyait venir le malheur.

Puis il surgit. C'était un homme assez robuste, un pagne blanc noué autour du rein. Il se jeta sur Léon et l'emmena dans la case. Des cris de joie fusèrent du groupe. Les hommes ont rejoint les femmes et tous dansaient avec frénésie. Les tambourineurs déversaient toute la force de leurs bras sur la membrane des tam-tams et faisaient sortir des sons plus impétueux et ensorcelants. Et je regardais le drapeau flotter sur le toit.

Que faisait-on à Léon à l'intérieur de cette case ? Mon cœur battait au rythme de ces tam-tams fous. Le bélier s'est tu mais je croyais toujours l'entendre. Il savait que cela ne valait plus la peine de crier vers des oreilles qui n'entendaient pas. Et dans son cœur peut-être, l'animal pleurait pour deux.

Quelques instants plus tard, l'homme est sorti de la petite case, seul, sans Léon. Les tam-tams ont soudainement ravalé leur son, laissant les danseurs immobiles, les yeux fixés sur le sacrificateur dont ils espéraient un signe de triomphe ou un cri de joie. La réalité semblait les étourdir en le voyant figé sur place comme dévoré par le remords ou brisé par le déshonneur. Il semblait en vouloir à ces hommes et femmes qui croyaient à tort que dans une saillie anormale du dos, on pourrait trouver le bonheur.

*

Il paraît que le père de Léon nourrit toujours l'espoir de retrouver son fils disparu. Aurai-je le courage d'aller frapper à sa porte un matin pour lui dire que Léon ne reviendra jamais, car là-bas, dans ce village interdit, il n'est pas ressorti de la petite case où il a été emporté les pieds et les mains ligotés ? Je retrouverai alors une conscience tranquille. Peut-être.

J'ai oublié de vous dire que dans la forêt, la troisième branche sur laquelle s'est posé l'oiseau a fini par se casser aussi. Il s'est sûrement passé quelque chose d'étrange cette nuit-là.

IV
Le cercle des phénomènes

Je me suis longtemps senti coupable d'avoir enfreint certains interdits de chez nous jusqu'au jour où j'ai commencé à lire des livres, comme Félix. J'ai alors compris que ce n'est pas de ma faute si chez nous les croyances aliènent les esprits, dictent les rites et engendrent des craintes. Les livres m'ont aidé à lutter contre les superstitions qui nourrissent nos peurs et détruisent nos vies ; celle de Léon surtout. Mais ce combat, je ne l'ai toujours pas gagné parce qu'il m'arrive encore d'avoir peur la nuit et de trembler comme une feuille devant des formes bizarres dans le noir.

J'ai demandé au chef du village l'autorisation d'organiser une lecture publique les samedis pour faire découvrir aux plus jeunes des histoires vraies ou imaginaires qui montrent que la peur de la nuit et des sorciers existe aussi ailleurs et qu'on peut s'en libérer.

De tous les récits que nous avons lus, c'est l'histoire du jeune Otto intitulée *Le Cercle des phénomènes* (que l'auteur présente comme une histoire vraie) qui a le plus retenu l'attention des jeunes qui en parlent souvent, parce que cela aurait pu se passer chez nous. Voici l'histoire que je vous recopie :

*

La vie s'est arrêtée à la tombée de la nuit dans le village de Tamé. Un train entre doucement en gare aux environs de vingt heures et s'immobilise sur le quai noyé dans l'obscurité.

« Petit, tu descends dans ce village ! » lance le contrôleur à un jeune garçon qui sursaute de sa somnolence.

– Ici ? demande-t-il, surpris.

– Oui, nous sommes à Tamé. Ta maman m'a dit de te faire descendre ici.

Le garçon regarde par la fenêtre et n'aperçoit aucun signe de vie sur le quai.

– Dépêche-toi, tu es le seul à descendre.

Il prend son bagage, s'arrache du train, fait quelques pas puis s'arrête. Et le train s'en va, laissant à sa vue ses feux arrière qui s'éloignent pour disparaître complètement.

La nature est sombre à n'en plus voir les contours des objets. La peur commence à l'étrangler lorsqu'une voix lui parvient enfin à l'oreille :

– Otto, mon petit !

– Grand Pa ! s'écrie-t-il en courant vers son grand-père qui l'attendait sous un arbre à quelques mètres du quai.

Dans les ruelles menant à la maison du grand-père, seuls quelques hommes au dos courbé circulent encore, s'appuyant péniblement sur leur canne, marchant à pas lent, le cou tendu vers l'avant. Eux seuls osent braver la nuit infestée de prédateurs invisibles.

La grande masure du vieil homme est faiblement éclairée par une bougie qui jette sa lueur sur des objets et des statuettes qui ne sont pas là par hasard. Un repas froid apaise la faim du garçon qui finit son dîner les yeux lourds de sommeil et demande à se coucher. Il se couche sur un vieux lit dans la chambre où dormait sa grand-mère décédée trois ans plus tôt suite à une morsure de chien, son propre chien qui lui planta ses crocs dans le mollet au retour des champs. Une morsure qui la rendit malade et l'immobilisa pendant des jours. « C'est un envoûtement », disait-on dans tout le village. Rares étaient ceux qui osèrent accuser de rage ce chien qui prit la clé des champs après son crime. Nombreuses furent les cérémonies pour conjurer le mauvais sort ; en vain. Puis un soir, elle cessa tristement ses gémissements.

Dans une évasion hypnagogique, Otto revit les instants précédant son arrivée au village. Il se revoit courir derrière ses copains avec un serpent en plastique dont ils avaient bien conscience qu'il ne pourrait mordre personne, mais se laissaient emporter par la peur, criant comme si en jouant à ce jeu ils ne savaient plus distinguer le faux du vrai... Quelques heures plus tard, il s'est retrouvé à la gare et sa mère prit soin de le confier au contrôleur du train, le moyen le plus sûr pour faire voyager seul un garçon de son âge. Comme de coutume, sans attendre ceux qui arrivaient en courant, le train est parti dans une cadence de véhicules épuisés par d'innombrables voyages sur des rails jamais rénovés. De gare en gare, les wagons déchargeaient et rechargeaient des passagers et des marchandises. Les marchés s'animaient par endroits le long de la voie ferrée et ceux qui venaient d'ailleurs, reprenaient le train pour rentrer chez eux ... Et Otto ressent à nouveau cette peur qui l'a envahi à la descente du train.

Des cafards qui s'agitent sous le lit l'arrachent de son évasion ; et il lui semble avoir senti quelqu'un lui toucher le pied.

« Grand Pa, c'est toi ? » demande-t-il.

Il se recroqueville sur le lit.

« Grand Pa ? »

Aucune réponse. Et il écoute le vacarme silencieux de son cœur terrifié.

Otto tremble sur le lit et garde les yeux ouverts pour ne pas se laisser surprendre.

Les heures passent et l'horrible silhouette de la peur le hante et le couvre de sueur.

Et il reste éveillé toute la nuit.

Le jour renaît et le cri des oiseaux commence à jaillir des arbres dehors. On entend au loin le bruit du gong qui annonce le moment où le chef du village et ses vassaux immolent un coq pour solliciter une bonne journée aux habitants.

Otto se précipite pour aller voir son grand-père et lui raconter sa peur, mais il ne le trouve pas dans son lit. Et il s'assoit à la porte, la tête lourde de sommeil, le corps encore couvert de frissons…

Puis il aperçoit Grand Pa qui arrive de la maison royale. Il fait partie des nobles qui, matin après matin, offrent le sacrifice pour le bonheur du village.

– Qu'est-ce qui ne va pas Otto ? Tu t'es réveillé de bonne heure.

– Grand Pa, je n'ai pas dormi cette nuit ; j'avais très peur.

– Tu avais peur de quoi, mon petit ? … Viens me dire ce qui ne va pas.

« Je ne veux plus dormir là-bas, je veux dormir avec toi », dit-il à son grand-père après lui avoir raconté sa nuit blanche.

Assis sur un tabouret traditionnel, Grand Pa reste silencieux, fixant longuement le vide comme s'il voyait quelque chose qui ne s'offre pas à la vue du garçon.

« Attends-moi ici, j'arrive », dit-il ensuite à son petit-fils.

Les rayons du soleil entrant par une étroite fenêtre percée près du toit, illuminent d'étranges objets et statuettes qu'Otto dépouille du regard. Une queue de cheval noire accrochée au mur, … un objet en fer forgé à l'apparence humaine, … un autre en motte, … une statuette indescriptible, … une encore, puis ses yeux s'arrêtent sur une autre beaucoup plus grande : une vache au cou entouré d'un tissu blanc, avec la bouche largement ouverte d'où sort une tête de serpent.

À quoi servent tous ces objets ? Pour son grand-père ce ne sont pas des objets mais des êtres, des dieux d'ailleurs.

Une demi-heure plus tard, il revient avec une paire de pigeons, des noix de cola et une pièce de percale.

– Habille-toi mon petit, nous allons régler ce problème.

Et ils se dirigent vers un lieu qui restera à jamais gravé dans la mémoire du garçon.

C'est un espace qui semble avoir été ravagé par un feu de brousse. Quelques arbres dépouillés de leurs feuilles abritent d'énormes fétiches habillés comme des hommes, sans visage ni jambes ; sauf un qui a tout d'un homme, debout sur pieds avec un corps d'argile, des cailloux pour des yeux, un nez en bois et une bouche ouverte. Grand Pa s'incline devant ce dernier et dépose deux noix de cola à ses pieds.

Un vieil homme assis devant une misérable chaumière leur souhaite du regard la bienvenue dans son monde. C'est le régisseur, gardien des pouvoirs du lieu.

Le fétiche à l'aspect humain retient tellement l'attention d'Otto qu'il renverse un canari posé sur un piédestal en bois. Devant les yeux rouges du régisseur, il vient de commettre un sacrilège. Il faut agir vite ! Les deux vieillards se précipitent pour remettre les choses en ordre. Le régisseur prononce quelques formules pour apaiser la colère du divin que le garçon vient de terrasser.

Puis, sans demander l'objet de leur visite, il les conduit sous un arbre, y dépose des noix de cola et sacrifie les pigeons après avoir prononcé d'interminables requêtes pour que le garçon soit protégé contre ce prédateur immatériel qui l'aurait visité la nuit.

Otto ne prête guère attention aux efforts de ces hommes qui s'activent à lui sauver la vie. Ses yeux s'immobilisent sur une horde de vautours qui se régalent de charognes d'animaux sacrifiés sous un baobab au tronc entouré de tissus de diverses couleurs. Ce groupe de rapaces agités semble plus amusant; et il dessine de temps en temps sur son visage un timide sourire qui s'efface lorsqu'il entend prononcer son nom dans les requêtes.

Otto rentre au village épuisé. Tous les garçons de son âge sont partis au champ. Il ne reste que des enfants qui s'amusent à courir derrière le vieux bouc du chef, une bête fatiguée de vivre qui s'en va se reposer sous un arbre quand ils lui laissent un instant de répit. Quelques vieillards incapables de se déplacer, assis à l'entrée de leur case, scrutent les passants qu'ils essaient d'identifier à leur allure. Et ceux dont les yeux ne s'accrochent plus aux silhouettes mouvantes, regardent vers le lointain comme s'ils cherchaient à y percevoir une autre réalité ou une lueur d'espoir pour vivre quelques années de plus.

*

À la fin de la lecture de ce récit, certains jeunes ont dit avoir déjà senti aussi quelqu'un leur toucher le pied sur le lit et ils ont eu peur d'avoir été visités par un sorcier.

« C'est pas vrai qu'il y avait quelqu'un, mais j'ai senti qu'on m'a touché le pied et j'ai eu peur toute la nuit », dit un garçon dont les mots résument bien la discussion qui a suivi la lecture.

Le village de Tamé où s'est déroulée cette histoire a souvent défrayé les chroniques. On raconte qu'un touriste français venu chasser le buffle dans les environs, a été témoin de phénomènes extraordinaires tels que ceux décrits par Maupassant dans ses nouvelles. (Voyez-vous pourquoi j'aime cet auteur ? Lorsqu'on vit dans une région comme la nôtre, les récits des auteurs comme lui, semblent réalistes et ne sont pas appréhendés comme de simples imaginations de l'esprit, car on s'y retrouve, on comprend les scènes, on vit l'angoisse décrite, tout paraît vraisemblable, réel même.)

Le touriste prit le train avec son guide depuis la capitale pour se rendre chez un garde forestier où ils devaient passer la nuit avant de commencer la chasse le lendemain matin. À l'approche du village, une scène accrocha son regard à travers la portière du train. « Regarde ! Regarde ! » dit-il à son guide.

C'était une scène étrange : autour d'un feu dans la forêt, ils aperçurent trois hommes dont le visage illuminé par le reflet de la flamme faisait paraître des yeux proéminents et étincelants, la bouche ouverte comme s'ils s'apprêtaient à avaler quelque chose sortant du feu.

Qui pouvaient être ces étranges personnages ? Que faisaient-ils dans la nuit autour de ce feu ?

– Cher ami, nous venons de voir une chose bizarre, dit le touriste. On n'allume pas un feu pareil dans une forêt pour cuire du manioc ? Que faisaient-ils donc ?

– Je ne saurais vous le dire, monsieur. Ce sont peut-être des sorciers qui se préparaient pour une mission nocturne.

– Des sorciers ?

– Oui, monsieur.

Après quelques minutes de silence, le guide reprit :

– Je suis content que vous ayez vu cela monsieur. Les touristes qui arrivent de chez vous nous prennent souvent pour des fous lorsqu'on leur raconte les choses qu'on voit ici dans les ténèbres de la nuit. Imaginez, monsieur, que je sois le seul à avoir vu cela ! Vous m'auriez ri au nez si je vous racontais cette scène singulière dont nous venons d'être témoins tous les deux. Je n'oublierai jamais la honte qui m'avait saisi devant les rires d'un touriste à qui je racontais ce que j'avais vu un soir dans une région rustique de la côte. Oh ! cela remonte à plusieurs années déjà. Après avoir dîné dans un petit restaurant, je devais rejoindre, à pied, des amis dans un autre village. C'était une nuit comme celle-ci, il faisait si noir que je distinguais à peine le chemin. J'étais seul et la route me semblait interminable. Tout à coup, j'ai entendu un bruit loin devant moi, comme le roulement d'un tonneau. « Tiens, voilà un véhicule qui arrive », ai-je pensé. Puis le bruit s'est arrêté. Quelques minutes plus tard, le même bruit se faisait entendre plus proche. Je me suis écarté de la route pour laisser passer ce qui me semblait être un véhicule qui circulait sans lumière. Mais le roulement s'arrêta à nouveau, et j'ai repris mon chemin. Quelques instants après, le même bruit; et cette fois il approchait très vite. J'eus l'impression qu'il me fonçait dessus. Je me suis jeté dans l'herbe ; et devinez ce que j'ai vu passer à côté de moi ? Un pousse-pousse tout seul. Oui, un pousse-pousse qui passait seul à vive allure. Mon cœur s'est mis à battre violemment, mes jambes tremblaient. Assis dans l'herbe, je le voyais, puis l'écoutais s'éloigner vers la mer. Je suis resté assis là un long moment avant de reprendre le chemin avec une telle angoisse dans l'âme que le moindre bruit me coupait le souffle. »

– Êtes-vous certain que personne ne le tirait, cet engin ?

– Sûr et certain, monsieur. J'avais pensé que c'était un homme de petite taille qui le tirait et que j'avais du mal à voir sa tête ; mais j'aurais au moins vu ses pieds sous le pousse-pousse. Il n'y avait même pas de pieds qui couraient. J'ai compris plus tard que c'était un aguê-béto qui m'avait joué ce sale tour. Je l'aurais arrêté pour lui demander un service qu'il m'aurait conduit dans son monde. Et je ne serais pas là aujourd'hui.

– C'était quoi ?... Un sorcier ?

– Non. Un démon de la forêt, monsieur. Il y en a plein par ici. Et ils profitent des ténèbres pour agir. Il faut toujours se méfier de ce qu'on voit et entend dans une forêt la nuit.

À la descente du train à Tamé, le guide prit soin de parler un peu du garde forestier chez qui ils allaient passer la nuit. L'année passée, il avait tué un homme sans faire exprès. Il aurait tiré sur une bête cachée dans l'herbe, mais en allant chercher le gibier, il découvrit un homme agonisant, mortellement blessé à l'abdomen. Il conclut que c'était un sorcier qui prit l'apparence d'un animal pour commettre un forfait, et les remords furent ainsi atténués. Mais depuis ce temps, il semblait perturbé, hanté par ce souvenir qui bouleversait aussi la vie de sa femme.

Quand le guide toqua à la porte, ils entendirent une femme pousser des cris de peur. Puis le garde demanda : « qui est là ? » Le guide annonça leur présence, et il leur ouvrit la porte avec un fusil dans la main. Sa femme, assise dans un coin, avait l'air terrifié. Seul le chien allongé sous une table semblait insensible à cette ambiance de terreur.

Le garde forestier posa son fusil et dit au touriste : « J'ai tué un sorcier l'année passée. Hier soir, son fantôme est revenu m'appeler, courant dans toute la forêt. Je l'attends encore ce soir. Je sais qu'il m'en veut et il sera au rendez-vous pour se venger. Je l'attends. »

Le touriste essaya de les rassurer en leur racontant sa vie en Europe et sa joie dc venir passer quelques jours en Afrique.

Il croyait les avoir un peu rassurés quand soudain, le garde forestier se saisit brusquement de son fusil en criant : « Le voilà ! Je l'entends ! Il est là ! » La femme se recroquevilla dans le coin, et le chien poussait un hurlement à donner des frissons. Il hurlait, le poil hérissé, le regard fixé sur la porte comme s'il voyait quelque chose d'affreux. Le fantôme peut-être.

« Le chien l'aperçoit, il était là quand je l'ai tué » dit-il, le fusil pointé vers la porte.

Et sa femme se mit à pleurer.

Le chien tournait sans arrêt autour d'eux et finit par rendre fou le guide qui le saisit par le cou et le jeta dehors. Et il se tut aussitôt. Le silence qui les envahit était encore plus terrifiant devant cet homme armé qui ne baissait pas la garde.

Quelques instants plus tard, ils entendirent un bruit, comme si quelqu'un toquait ou grattait à la porte.

«C'est lui ; il est là ». Une détonation éclata aussitôt à ses mots du garde forestier. La balle traversa la porte et laissa un trou fumant. Le silence s'installa durablement.

Ils restèrent assis jusqu'au matin, transis d'une peur indescriptible. Le touriste dira plus tard : « Oui, je l'avoue, la peur m'a envahi aussi. Moi qui n'ai jamais cru aux fantômes, un frisson me courait entre les épaules et je n'ai pas pu fermer l'œil un seul instant.»

Le lever du jour ôta la peur pour les coiffer d'un sentiment affreux de honte et de doute.

« Mon chien ! » cria le garde en ouvrant la porte.

Ils se précipitèrent pour voir l'animal gisant sur le seuil, le visage fracassé par ce coup de fusil tiré sur la silhouette d'un fantôme.

*   *

*

Dites aux gens de chez vous de venir passer quelques nuits dans un village africain, et ils comprendront pourquoi nous ne faisons pas bon accueil aux histoires de sorciers bien-aimés et aux aventures romanesques de vampires séduisants.